우리들의 시 창작 교실

우리들의 시 창작 교실

민송기 엮음
이승찬 외 45명

學而思 학이사

시가 조금의 위로가 되었으면

시 창작 수업을 하는데 교과서가 없어서 시 창작을 위한 책을 만들어 보기로 했다.

시 창작을 위해 한 시간 이론을 공부하는 것보다 좋은 것은 좋은 시를 읽고 느끼는 것이다.

그래서 한 해 수업에 사용했던 자료와 우리 학생들이 쓴 시를 모아 보았다.

승찬이가 쓴 「엄마의 갱년기」를 읽으면서 가슴이 먹먹했었고, 민재가 쓴 「상대적 박탈감」을 읽으면서 큭큭거리기도 했었다. 이과생들이 빛의 이중성, 양자 역학의 미시 세계, 지구의 기울어진 자전축, 벡터, 극한 같은 개념을 시에서도 쓰는 것을 보고 놀라움을 느끼기도 했었다.

입시의 중압감에 시달리는 고등학교 학생들의 고달픔을 담은 시가 다른 학생들에게 조금의 위로가 될 수 있을 것 같다.

　시인이 되지 않더라도 세상에 대한 생각, 마음속에서 일어나는 감정이 있다면 시로 써 보는 취미를 가졌으면 좋겠다.

2024년 1월

지도교사 민송기

차례

2부 엄마의 갱년기

3부 내 마음의 줄기세포

1부
시를 어떻게 쓸 것인가?

시란 무엇인가?

누군가 나에게 물었다. 시가 뭐냐고
나는 시인이 못 되므로 잘 모른다고 대답하였다.
무교동과 종로와 명동과 남산과
서울역 앞을 걸었다.

- 김종삼, 「누군가 나에게 물었다」 중에서

이 시는 김종삼 시인이 작고하기 2년 전에 발표한 「누군가 나에게 물었다」의 일부이다. 시가 뭐냐는 질문에 자신은 시인이 못 되었기 때문에 잘 모르겠다고 이야기하는데, 사실 이분은 당대 순수시 계열의 거목이었다는 것을 생각해 보면 좀 생뚱맞은 대답이다. 그렇지만 각자 자기 분야에서 지내 온 내력을 생각해 보면 첫 두 행의 의미가 끄덕여지기도 한다.

대학 시절 나도 문학동아리에서 합평회를 하면 복학생 선배로서(고작 스물대여섯밖에 안 되었으면서) 무게란 무게는 다 잡으면서 '시란 모름지기 이래야 한다' 는 둥 '리얼리즘에 철저하지 못한, 가치 없는 글이다' 는 둥의 말을 쉽게 했었다. 얄팍한 문학 이론에 대한 지식을 가지고 그렇게 함부로 평가하는 말들을 했었다. 그렇지만 시를 써가면 갈수록 내 마음에 드는 시를 쓰는 것은 더 어려워지고 시는 점점 더 어려워졌다. 어쩌다 등단하게 되어 시인이라는 이름을 얻게 되었지만, 남들처럼 어디 글을 낼 때 '시인 교사' 라고 쓰기에는 부족한 점이 많아서 그냥 '교사 민송기' 로만 쓴다.(요즘 들어 생각해 보면 좋은 교사가 되지 못한 관계로 '교사' 를 쓰는 것도 부끄럽다.) 그런데 재미있는 것은 시가 무엇인지 거창한 이론으로 말하는 것이 어려울 때, 남들이 암송해 줄 위대한 작품에 대한 욕심을 포기했을 때 시에서 사람 냄새가 나고 시가 재미있어진다는 점이다.

위의 시에서 김종삼 시인은 무교동과 종로, 명동, 남산, 서울역, 남대문을 걸어다닌다. 인터넷 지도를 검색해 보면 꽤 먼 거리를 하루 종일 걸어 다녔음을 짐작할 수 있다. 아마도 머릿속에는 시란 무엇인가라는 생각이 가득했을 것이다. 그 여정에서 열심히 일하면서 살아가는 선량한 사람들의 건강한 생활과 꾸밈없는 말을 접하면서 시인은 비로소 자신이 찾던 것이 무엇인지를 깨닫게 된다. 그래서 '순하고 명랑하고 맘 좋고 인정이/ 있으므로 슬기롭게 사는 사람들' 이 바로 시인이라고 말한다. 그렇게 찾던 시의 위대함은 저 높은 하늘에 있는 것이 아니라 평범한 사람들 속에 있었던 것이다.

시인은 말한다. 시는 저 높은 곳에 있는 신과 같은 위대한 존재가 쓰는 거룩한 말이 아니다. 시는 감동을 주기 때문에 위대하다. 그런데 그 감동은 억지로 어려운 말로 꾸며서 되는 것이 아니라 우리가 세상 살아가는 일상의 소소한 이야기들을 솔직한 말로 보여주기 때문이다.

솔직한 말로 일상을 보여준다는 것은 시가 가진 '허구성'과 '진실성'이라는 성질과 관련이 된다. 모순적으로 보이는 허구와 진실이 어떤 것인지 다음 시를 보며 생각해 보자.

가정환경 조사서

민숭기

생각해 보면
모든 것이 부끄러웠던 그 시절
도시로 전학 와서 매 학년 올라갈 때마다
쓸 때마다 괴로웠던 가정환경 조사서.

도시 친구들 둘러보면

부모님 학력란에 대졸, 고졸 쉽게들 적는데
몇 번이고 망설이다
부모님 이름 옆에 고졸로 적어 놓고
누구 볼 것만 같이 꼭꼭 숨기면서
평생 땅에서 정직하게 살아오신 부모님이
그때만큼은 부끄러웠다.
여섯 칸밖에 없는 가족사항란엔
언제나 시집간 큰누나는 빼고 적어도
빈 칸 하나 남기지 않아
두세 칸은 남기고 있던 도시 친구들이
혹여나 볼까 꼭꼭 숨기며
막내에 대한 사랑으로 가득 차 있던
우리 집 가족사항이
그때만큼은 부끄러웠다.

도시 친구들 둘러보면
자동차, 냉장고, TV, 세탁기, 전축, 소파
있으면 O, 없으면 X 자신 있게 쓰는데
우리 집엔 하나도 없는 것이 부끄러워
몰래 동그라미 몇 개를 그려넣고
들키지 않으려고 숨기고 숨겼다.
우리 집엔 새로 장만한 경운기도
먼지 날리는 고물 탈곡기도,

송아지도, 복날 잡을 누렁이도

뒷마당의 감나무, 살구나무도

나의 집을 지으라고 마련해 두신

작은 텃밭도 있었지만

나만 가슴 졸이며, 가슴 졸이며

거짓 동그라미를 그려 넣던

모든 게 부끄러운

그

시절

대구가 직할시가 되면서 경북과 분리가 되었고, 70년 생부터는 경북에서 중학교를 다닌 학생들은 대구에 시험을 볼 수 없게 되었다. 그래서 경북에서 공부를 좀 한다고 하는 아이들은 국민학교 때부터 대구에 올라와 친척 집에 얹혀 살거나 형제자매끼리 자취를 했다. 그 시절 남산동이나 비산동에는 그런 아이들이 넘쳤다. 시골에서 올라온 아이들에게 가장 낯선 것은 학기 초에 '가정환경 조사서' 라는 것을 쓰게 하는 것이었다. 빈부의 격차가 적나라하게 드러나는 그 서류를 적을 때마다 나는 우리 집이 가난하다는 것을 실감해야만 했다.

오늘 만난 친구가 어떤 아이인지 열심히 설명을 해도 못 알아듣다가 '전교 몇 등' 이라는 말에 모든 것을 이해해 버리는 것처럼, 어른들은 자동차나 냉장고가 있는지로 아이를 판단했다. 나는 교사가 된 지금도 왜 가정환경 조사서와 같은 것을 쓰라고 했는지 잘 이해가 되지 않는다. 정직하게 일하시는 부모님, 막내를 사랑해 주는 식구들보다 그깟 전축이나 소파 따위가 중요할 리는 없으니까 말이다.

일상이라고 하면 그 시절에 가정환경 조사서를 쓰는 것도, 지금 학생들이 내신 성적 한 등급에 목을 매는 것도, 4교시 종이 울리면 파블로프의 개처럼 급식실로 달려가는 것들 모두 해당이 된다. 그렇지만 그것들이 재료일 뿐이지 그대로 시가 되는 것은 아니다. 시를 쓰기 위해 해야 할 일은 무의식적으로 당연한 것처럼 생각되는 것들을 멈추고 의미 있다고 생각되는 것을 포착하는 것이다. 그리고 그것이 분명하게 드러나도록 가공을 하는 것이다. 위의 시에서 가정환경 조사서에 있는 내용과 우리 가족의 모습이나 경운기, 탈곡기, 송아지, 살구나무 등을 대조해서 보여준 것이 그런 것이다. 이렇게 일상을 포착해서 가공하는 것이 바로 문학의 '허구성'이라고 할 수 있다. 허구성이라는 것은 거짓이라는 뜻이 아니라 의미를 드러내기 위해 가공했다는 의미라고 할 수 있다. 허구를 통해 드러내 보이려는 의미가 바로 문학의 '진실성'이라고 할 수 있다.

하루하루 당연한 것들 속에서 흘러가는 생각을 멈추고 '왜?', '이게 과연?'이라는 물음을 한번 던져보자. 그

물음 속에서 진실을 찾아가는 것이 시인이 되는 첫걸음
이다.

시는 발견이다

　이번에 이야기할 것은 시의 아이디어, 즉 시의 발상에 대한 것이다. 참신한 발상에서 참신한 표현과 주제가 나올 수 있기 때문에 발상은 시 창작의 90% 정도가 된다고 해도 과언이 아니다. 그렇다면 발상이라는 것을 어떻게 하는 것인지 다음 시들을 보면서 생각해 보자.

　깃발

유치환

이것은 소리 없는 아우성.
저 푸른 해원(海原)을 향하여 흔드는
영원한 노스탈쟈의 손수건.
순정은 물결같이 바람에 나부끼고
오로지 맑고 곧은 이념의 푯대 끝에
애수는 백로처럼 날개를 펴다.

아아! 누구던가
이렇게 슬프고도 애달픈 마음을
맨 처음 공중에 달 줄을 안 그는.

　이 시는 시인이 부산 태종대에서 바다를 향해 나부끼
는 깃발을 보고 쓴 시이다. 시인의 생각을 추적해 보면
다음과 같을 것이다.

　1. 깃발이 바다를 향해 나부낀다. 육풍이 부는 시간이
다.
　2. 깃발은 바다라는 드넓은 세계로 가려고 하는 것 같
다. 그런데 깃발은 깃대에 매여 있어 바다로 갈 수는 없
다. 깃대를 끊고 날아갔다가는 그냥 바다에 떨어져서 사
라질 것이다.
　3. 깃발의 모습은 간절하게 원하는 것이 있어도 어쩔
수 없이 포기해야 하는 나, 또는 인간의 모습과 같다.

　여기에서 보면 1은 그냥 현상의 관찰이다. 자연 관찰
이나 다를 바가 없다. 2에서는 관찰한 것에서 어떤 속성
을 추출해 낸 것이다. 깃발의 움직임은 바다로 가려는
것, 깃대는 깃발을 잡고 있는 것이다. 깃발은 바다라는
세계로 가고 싶어 하지만 깃대에 매여 있기 때문에 벗어
날 수는 없다. 3에서는 바다 - 깃발 - 깃대의 관계를 자신

이나 인간의 처지에 대응시킨 것이다. 깃발의 모습에서 이상을 추구하지만 현실을 떠날 수는 없는, 낭만적 아이러니라는 인간 존재의 근본적인 모습을 이야기하는 것일 수도 있고, 시인이 간절히 하고 싶은 일이 있었는데 가정이나 도덕을 지키기 위해 어쩔 수 없이 포기해야 했던 것을 이야기하는 것일 수도 있다.

정리하자면 시는 1과 같은 관찰에서 시작한다. 그렇지만 시는 자연 관찰 보고서가 아니기 때문에 관찰한 내용은 인간 또는 시인의 이야기로 연결되어야 한다. 그렇게 하기 위해서는 2와 같이 속성을 분석하고, 3과 같이 인간 또는 시인의 속성과 같은 점을 연결해야 한다. 이때 관찰 내용과 인간 속성이 직접적으로 연결되어 정답이 너무 분명하게 존재하면 시가 마치 설명문이나 논설문처럼 될 수 있다는 점을 유의해야 한다. 약간은 모호하면서 풍부하게 해석될 수 있는 여지를 주는 것이 필요하다.

시를 하나 더 보면서 발상이 어떻게 이루어지는지 생각해 보자.

북어

최승호

밤의 식료품 가게
케케묵은 먼지 속에
죽어서 하루 더 손때 묻고
터무니없이 하루 더 기다리는
북어들,
북어들의 일 개 분대가
나란히 꼬챙이에 꿰어져 있었다.
나는 죽음이 꿰뚫은 대가리를 말한 셈이다.

(후략)

　　이 시에서 보면 시인은 밤의 식료품 가게에서 북어를
관찰한다. 그러면서 북어의 속성을 하나씩 생각해 본다.
북어는 존재하지만 죽은 존재이다. 10마리씩 긴 꼬챙이
에 꿰어져 있기 때문에 생명이 있을 리는 없다. 10마리
단위로 있는 것에 대해 군대에서 쓰는 '분대'라는 말을
붙이고 있다. 그리고 시인은 또 다른 속성도 생각한다.
북어는 딱딱해서 아무 말도 할 수 없는 혀를 가지고 있
다. 하고 싶은 말이 있어도 시원하게 할 수 없는 말의 변
비증을 앓고 있다. 말라붙고 짜부러지고 생명력이라고

는 하나도 볼 수 없다.

시인은 그런 북어들의 모습에서 군사 정권 시대를 살아가는 사람들의 상황을 본다. 그래서 북어들이 시인에게 '너도 북어지' 라고 말하는 반전으로 연결시키고 있다. 자유롭게 말하고 행동했다가는 무슨 봉변을 당할지 모르는 세상에 겁을 먹고, 자유를 포기하고 숨죽이고 사는 사람들이 죽은 채로 죽기를 기다리는 북어와 다를 바가 없다는 것이다.

안개의 나라

김광규

(전략)
안개의 나라에서는 그러므로
보려고 하지 말고
들어야 한다
듣지 않으면 살 수 없으므로
귀는 자꾸 커진다
하얀 안개의 귀를 가진
토끼 같은 사람들이
안개의 나라에 산다

이 시는 앞의 시와는 반대로 인간 세계의 속성을 다른 대상에 빗대어 우회적으로 나타내고 있다. 시인은 우리가 살고 있는 세상이 진실을 은폐하고 왜곡하면서 문제를 일으키는 사람을 탄압하는 세상이라고 생각한다. 사람들은 살기 위해 불의에 눈 감는 소시민적인 모습을 보여준다. 진실을 알 수 없는 세상을 안개로 인해 앞을 볼 수 없는 세상과 연결시킨다. 그리고 겁 많고 소심한 소시민들을 안개의 귀를 가진 토끼에 비유를 한다. 이를 통해 시인은 불의가 지배하는 시대를 우회적으로 비판한다.

이러한 발견은 누구나 할 수 있는 것이다. 다음 학생의 시를 보자.

23.5도

이영륜

지구는 돈다
23.5도 기울어져 돈다
자각하지 못한 채
너도 나도 기울어져 돈다

기울어진 초록 위에서

기울어진 파아란 생각을 할 뿐이다

기울어진 지평을 바라보며

수평으로 기울어진 축에서 돌고 돌 뿐이다

똑바로 된 세상은 우리 눈에서

23.5도 기울어진 채 비칠 뿐이다

지구과학 시간에 우리는 지구의 자전축이 23.5도 기울어져 있다고 배웠다. 여기에서 학생은 우리 모두 기울어진 세상에 있으며, 세상이 모두 기울어져 있다 보니 기울어진 것을 당연하게 느끼고 있지는 않은지 생각을 한다. 그렇다면 똑바로 된 것은 우리 눈에 어떻게 보일까? 하는 질문을 던진다. 똑바로 된 것을 우리는 기울어져 있다고 판단을 하는 것은 아닐까 하는 생각에 이르게 된다. 그래서 우리가 선입견으로 잘못 보고, 세상에 대해 섣부른 판단을 하고 있는 것은 아닌지 돌아보고 있다.

우리는 하루 중 수많은 사물과 현상들을 접하면서 산다. 그 대부분은 의식하지 못한 채 지나가거나 당연하게 생각하는 것이어서 큰 의미를 부여하지 않는다. 그렇지만 오늘 하루 있었던 일을 짚어보면서 무슨 일이 있었는지, 당연한 것이 당연하지 않을 수 있다는 생각을 해 보

자. 교실에 잘못 들어온 벌 한 마리, 학교 벽에 붙은 담쟁이 하나에도 시가 들어 있다.

시에도 논리가 있다

시에서 발견은 논리적으로 잘 이어졌을 때는 감동을 줄 수 있지만, 논리적으로 맞지 않은 경우에는 의도가 제대로 전달되지 않을 수 있다. 학교에서 시를 배울 때는 억지로 해석을 외우다 보니 감동이 떨어지는 경우가 많다.

딸이 중학교에 다닐 때 시험 범위에 백석의 시「수라」가 있었다. 고3 수능 대비 문제집에 많이 나오는 시를 중학교 1학년에서는 어떻게 배우나 싶어서 시 내용에 대해 아이에게 물어보았다.

"응, 그거? 일제 치하에서 우리 민족이 처해 있는 비참한 현실을 이야기한 시야."

라고 답을 했다. 나는 뭘 보고 일제 치하라고 생각하냐고 물었더니 그냥 수업 시간에 그렇게 배웠다는 것이다.

거미 새끼 하나 방바닥에 내린 것을 나는 아무 생각 없이 문 밖으로 쓸어 버린다

차디찬 밤이다

언제인가 새끼 거미 쓸려나간 곳에 큰 거미가 왔다
나는 가슴이 짜릿한다
나는 또 큰 거미를 쓸어 문밖으로 버리며
찬 밖이라도 새끼 있는 데로 가라고 하며 서러워한다

    이렇게 시작하는 시에서 일제 치하를 연상할 수 있는 부분이 어디 있을까? 눈을 씻고 보아도 이 시에서 곧바로 일제 치하를 연상할 수 있는 단서는 전혀 없다. 시를 읽을 때 가장 기본이 되는 것은 오로지 시 자체만 읽고 그에 대해서 해석을 하는 것인데, 이를 '내재적 읽기' 라고 한다.

    내재적 읽기로 이 시를 읽으면 아무 생각 없이 거미를 버렸다가 거미를 통해 가족을 생각하는 화자의 모습이 머릿속에 그려진다. 이 시에서 재미있는 것은 화자가 거미를 불쌍하게 생각하면서도 새끼 있는 데로 가라고 큰 거미를 찬 밖으로 던져 버린다는 것이다. 그러고는 자기는 서러워한다.

    여기서 약간 이상한 점이 있다. 거미를 찬 밖에 버리고 서러워하는 것은 무슨 심보인가? 그렇게 불쌍하면 방안으로 데려오면 될 것 아닌가? 시의 뒷부분을 보자.

이렇게 해서 아린 가슴이 삭기도 전이다

어디서 좁쌀알만 한 알에서 가제 깨인 듯한 발이 채 서지도 못한 무척 작은 새끼 거미가 이번엔 큰 거미 없어진 곳으로 와서 아물거린다

나는 가슴이 메이는 듯하다

내 손에 오르기라도 하라고 나는 손을 내어미나 분명히 울고불고할 이 작은 것은 나를 무서우이 달아나 버리며 나를 서럽게 한다

나는 이 작은 것을 고이 보드러운 종이에 받아 또 문 밖으로 버리며

이것의 엄마와 누나나 형이 가까이 이것의 걱정을 하며 있다가 쉬이 만나기나 했으면 좋으련만 하고 슬퍼한다

화자는 자기 때문에 거미 가족이 뿔뿔이 헤어진 것에 미안한 마음으로 새끼 거미들에게 손을 내밀어 본다. 그러나 거미는 화자를 무서워하며 달아난다. 새끼 거미는 따뜻한 방 안에 있는 것보다 어머니, 형, 누나들과 함께 있는 것이 더 좋은 것이다.

이렇게 생각해 보면 거미는 찬 밖에 있지만 가족과 함께 있게 될 것이고, 자기는 따뜻한 방 안에 있지만 거미보다 못한 처지라는 점을 생각했을 것이다. 화자의 서러움과 슬픔이 가족과 떨어져 있는 자신의 처지를 생각했기 때문이라면 말의 논리가 맞아 떨어진다. 이처럼 시에

서도 나름의 논리가 있으며, 논리가 맞지 않을 때에는 감동이 약해진다.

내재적 읽기가 바탕이 된 상태에서 좀 더 알고 싶으면 시인 백석과 그의 시 경향, 작품이 발표된 때의 시대적 상황 등에 대해서 조사를 해 볼 수도 있다. 그렇게 조사한 내용과의 연결고리를 이용해서 읽는 방법을 '외재적 읽기'라고 한다.

외재적으로 읽는 방법은 부수적이고 참고 사항 정도로 시를 읽는 방법이지만 학교에서는 시험에 내기에 편하기 때문에 이 부분에 더 집중을 하는 경우가 많고, 그러다 보니 학생들은 시 해설서를 주지 않으면 시를 읽지 못하는 경우가 많다. 시를 그렇게 읽으니까 재미도 없고, 감동도 없는 그저 수수께끼 같은 어려운 말로 들리는 것이다.

시가 내적인 논리를 갖추지 못했을 때는 어떤 느낌인지 학생의 창작 과정을 통해 살펴보자.

〈before〉

길가에 서서 떨어지는 낙엽을 가만히 쳐다보다
문득 낙엽 하나를 주워본다.

사랑의 계절, 가을이다.

연애가 시작되듯 가을이 오고
사랑이 깊어지듯 단풍이 피고
사랑이 식어 낙엽은 떨어진다.

낙엽이 떨어지는 건 자연의 이치라고
연인이 헤어지는 것도 운명이라고
쓸쓸히 떨어져있는 낙엽을 주워
주머니에 넣는다.

여기에서 가을은 사랑의 시작이면서 끝이다. 낙엽이
떨어지기까지는 잎이 나서 푸르름을 자랑하다 떨어지는
과정이 있는데, 독자들이 보기에는 시작하자마자 사랑
이 식어 끝나는 그런 흐름이다. 그리고 낙엽이 떨어지는
건 자연의 이치이지만 이것을 연인이 헤어지는 것이 운
명이라는 다소 공감하기 어려운 논리로 연결하고 있다.
그래서 낙엽을 보면서 가졌던 처음의 발상도 잘 살아나
지 않고 있다. 그런 점들을 고려하여 고친 작품은 다음
과 같다.

〈after〉

낙엽

김동훈

길가에 서서 단풍나무를 가만히 쳐다보다
방금 떨어진 낙엽 하나를 주워본다.

낙엽 하나에는 시간이 담겨 있다.
새로운 만남을 시작하던 봄의 경이로움
뜨거운 여름과 비바람을 이겨낸 뿌듯함
가을의 불꽃처럼 타오르는 찬란함
낙엽 하나에 모든 것이 들어 있다.

사랑을 시작할 때의 설렘도
그립다 미워하다 집착하는 변덕스러움도
차갑게 식을수록 불타는 단풍의 모순도
낙엽 하나에 모든 것이 들어 있다.

낙엽이 떨어지는 건 자연의 이치라고
세상에 영원한 건 없다고 말하는
거리에 떨어진 낙엽 하나를 주워

이미 이별을 경험한 한 사람처럼

쓸쓸히 주머니에 넣는다.

새로운 잎이 날 때까지

나의 책갈피에 곱게 접혀 있을 낙엽을

이 시를 보면 낙엽을 보면서 사랑하는 사람과 헤어져야 함을 예감하는 원래의 시적 발상은 유지된다. 그러나 봄부터 가을까지 시간에 따른 잎의 변화를 보여줌으로써 겪어 온 시간을 이야기한다. 낙엽을 보고 영원한 것이 없다는 것을 깨달으면서 아직까지는 이별을 하지 않았지만 추억으로 남겨둘 준비를 하는 모습으로 그려진다.

시는 원래 언어에서도 자유롭고, 논리에서도 자유로울 수 있다. 그래서 '시적 허용'이라는 말을 쓰기도 한다. 그렇지만 시적 허용이 모든 것을 허용한다는 것을 의미하는 것은 아니다. 주제를 전달하기 위해 의도적으로 상식적인 언어나 논리에서 벗어나 새롭게 볼 수는 있지만, 처음부터 논리에 맞지 않는 것은 허용되기 어렵다.

시는 노래이다

　오디션 프로그램들을 보다 보면 세상에는 노래를 잘 하는 사람이 참 많고, 또 그들의 노래를 듣고 있으면 노 래에는 남녀와 세대를 아우를 수 있는 힘이 있다는 것을 느낀다. 이런 노래의 힘은 우리 선인들도 익히 잘 알고 있었다. 노래에 대한 선인들의 생각은 다음 시조에서도 잘 드러난다.

　　노래 삼긴 사람 시름도 하도할샤

　　닐러 다 못닐러 불러나 푸돗던가

　　진실로 풀릴 것이면 나도 불러 보리라.

　이 시조는 조선 중기의 문인인 상촌 신흠(1566년~1628년) 의 작품이다. 신흠은 어려서 부모를 여의었지만 학문에 전념하여 벼슬을 하기 전부터 선비들 사이에서 문명文名 이 자자했다. 그가 쓴 시나 산문들은 지금 사람들이 읽 어도 명문장이라고 감탄을 할 정도로 간결하면서도 내 용의 깊이가 있었다.

그런 그였지만 율곡 이이를 비난하는 상소문에 동의하지 않았다고 해서 동인들의 배척을 받아 능력에 맞지 않는 말직에 머물러야만 했다. 말직에 있었지만 주머니 속의 송곳이 언젠가는 드러나듯 능력을 인정받기 시작했고, 나중에는 선조의 사위가 되었다.

그렇지만 처남인 광해군이 즉위한 뒤 동생인 영창대군을 죽이고, 계모인 인목대비를 폐위시키는 가족 간의 비극을 보았고, 또 그들을 지키려다 유배를 당하는 신세가 되었으니 가슴에 울분, 원망, 죄책감과 같은 감정들이 쌓일 만도 했다. 말로는 그 감정을 다 표현하지 못해 노래로 풀어본다는 것인데, 사실 '풀린다는 것'은 모든 문제가 해결되는 것을 의미하는 것은 아니다.

노래를 부른다고 해서 정치 현실이 바뀔 리도 없고, 세상이 갑자기 좋아질 리도 없다. 단지 노래를 부르면서 답답한 마음을 잠시 잊고 위안을 받을 뿐이다. 이렇게라도 맺힌 감정을 풀지 않으면 사람의 마음은 병이 들게 된다.

『서경書經』에 보면 '시언지가영언詩言志歌永言'이라는 말이 나온다. 시라는 것은 솔직한 마음을 말한 것이고, 노래라는 것은 말을 길게 뽑는 것이라는 뜻이다. 사람들은 체면 때문에, 혹은 다른 사람들을 의식해서 자신의 본심을 솔직하게 드러내지 못하고, 숨기거나 꾸며서 말을 하는데, 그런 말에는 감동이 없다. 시는 솔직한 마음과 절실함이 말로 나와 그 감정이 통하는 것이다. 그런 시를 길게 뽑으면 또 그에 맞는 곡조와 리듬이 생겨서 노래가 되는 것이다. 그래서 시와 노래는 태어날 때부터 가질 것 다 가지고 불편함이 없는 사람들의 것이 아니라, 세상에 할 말이 많은 못난 우리네 이웃들의 '애달픈 양식'이 되는 것이다.

이번에는 시가 노래라는 말에 기술적인 측면에서 접근해 보자.

> 고모요,
> 고모집 울타리에
> 유달리 기름진 경상도의 뽕잎,
> 그 뽕잎에 달빛.
> 가난이 죄라지만
> 육십 평생을,
> 삼십리 밖을 모르고
> 살림에만 쪼들린.
> 손님 상에
> 모지러진 숟갈.
> 고모요,
> 칠칠한 그 솜씨로도
> 못 휘어잡은 가난을

산천은 어쩌자고
저리도 기름지고
쑥국새는 아침부터
저리도 우능기요.
(후략)

- 박목월, 「노래」 중에서

이 시는 잘 알려지지 않은 작품이지만, 박목월 시인의 시 창작 방법을 잘 보여주는 시이다. 1~4행은 '고모 집의 울타리에는 유달리 기름진 뽕잎이 있고, 그 뽕잎에는 달빛이 비춘다.' 와 같이 서술할 수 있다. 그렇게 서술해 놓으면 뭔가 약간 딱딱하고 설명하는 느낌이 든다. 그러면서 리듬감도 떨어진다. 노래와 같은 리듬감을 살리기 위해서는 불필요한 조사나 서술어를 생략하는 데서 시작한다. 그렇다고 해서 생략하고 줄이는 것만이 능사는 아니다. '빨간' 보다 '빠알간' 이라는 표현이 더 리듬감을 살릴 수 있는 것처럼 위의 시에서도 '손님 상에/ 모지러진 숟갈' 이라는 표현의 효과를 생각해 볼 수 있다. '숟가락이 모자란다' 를 줄여서 '모자란 숟갈' 이라고 할 수도 있지만 '모지러진' 이라고 함으로써 음보를 하나 더 가져간다.

그리고 이 시가 노래 같고 리듬감이 살아 있는 가장 큰 이유는 '고모요', '~기요' 를 반복하기 때문이다. '고

모요/ 고모요'라고 하면 단조로울 수도 있는데 '고모요
/ 막내 고모요'라고 살짝 변화를 주어 리듬감을 살리면
서도 단조롭지 않게 한다. 반복과 변주는 말의 리듬감을
살리는 가장 중요한 장치이다. 우리 민요들에서 많이 나
타나는 '형님 형님 사촌 형님'이라는 표현이나 반야심
경의 '아제 아제 바라 아제'의 원리는 같은 것이다.

　다음 학생의 시를 보면서 반복과 변주의 또 다른 모습
을 생각해 보자.

　　　반복

　　　　　　　　　　　　　김도운

　나는 항상 공부해야 한다고 반복해서 생각한다.
　나는 항상 배운 것은 반복해서 해야 한다고 반복해서 생각
한다.

　아! 그렇지만
　나는 항상 공부해야 한다고 반복해서 생각한 것들을 안 하
기를 반복한다.
　나는 항상 배운 것은 반복해서 해야 한다고 반복해서 생각
한 것들을 안 하기를 반복한다.

그리고는

나는 항상 시험을 망친다.

나는 항상 이렇게 반복해서 시험을 망치기만을 반복한다.

시험을 치기 전에 학생들은 거창하게 계획을 세운다. 계획대로 다 된다면 모두가 1등급을 받겠지만 세상의 일이라는 게 계획대로 안 되기 때문에 살 만한 가치가 있는 것이다. 계획대로 다 이루어진다면 그것만큼 재미없는 일도 없을 것이니까 말이다. 매번 계획을 세우지만 계획대로 이루어지지 않는 상황을 이야기하기 위해 1연에서는 '반복해서 생각한다' 라는 시구를 반복한다. 그러면서 2연에서는 '반복해서 생각한 것들을 안 하기를 반복한다' 와 '반복해서 해야 한다고 반복해서 생각한 것들을 안 하기를 반복한다' 로 표현하고 있다.

같은 시행 안에서 '반복' 이라는 시어를 반복하면서 시행의 길이는 점점 더 늘어난다. 산문처럼 길게 써 놓았지만 같은 말을 반복하면서 리듬감이 생겨난다. 그리고 한 가지 더 같은 말을 반복하면서 시행을 늘려가기 때문에 점층의 효과도 생겨난다.

어릴 때 불렀던 동요 중에는 시의 리듬감이 어디서 살아나는지를 보여주는 것들이 많다. 예를 들어 '까치 까치 설날은 어저께고요/ 우리 우리 설날은 오늘이래요' 의 경우 반복과 대구가 리듬감을 형성하는 핵심이 된다.

'까치 설은 어제인데, 오늘은 진짜 설입니다' 라고 말하는 것과 확연히 차이가 나는 것을 볼 수 있다. 여기서 우리는 시의 운율과 재미를 살리는 리듬감을 확인할 수 있다.

시의 시작과 끝
- 한 마디에 주제가 바뀔 수 있다

상대적 박탈감

채민재

정보 시간 선생님 몰래 그와 같이 게임을 한다.

들킨 줄도 모르고 신나게 한다.

체육이 아닐 때도 같이 축구를 한다.

주말에는 해외 축구 다 챙겨본다.

독서실 내 옆자리에서 잔다.

침까지 흘리며 꿀잠을 잔다.

깨어나면 핸드폰을 만진다.

나도 그와 같이 자고 핸드폰을 한다.

그런데도 그는 숙제를 다 했다.

시험도 만점을 받는다.

나보다도 몇 걸음은 더 앞서 있다.

아! 상대적 박탈감

혹은 나의 눈치 없음.

이 시는 학생들이 한 번쯤 경험해 봤을 만한 내용을 솔직하게 적은 것이다. 처음 학생이 이 시를 썼을 때는 마지막 행이 없었다. 마지막 행이 없을 때 시의 내용은 똑같이 놀고, 똑같이 잤는데 친구는 숙제도 다 하고 시험을 치면 항상 만점을 받는다. 똑같이 했음에도 타고난 능력의 차이 때문에 차이가 생기는 것으로 보고 상대적 박탈감을 느끼는 내용이 된다. 그런데 '나의 눈치 없음'이라는 말을 넣는 순간 친구와 내가 똑같이 했는지를 의심하게 된다. 자신이 관찰하지 못한 시간에 친구는 자신과 똑같이 했을 것이라고 추측했음이 드러난다. 친구와의 차이는 타고난 능력의 차이가 아니라 보이지 않는 시간에 있었을 노력의 차이 때문이라는 것을 짐작할 수 있다. 마지막 행이 없을 때는 공부를 잘하는 친구에게서 상대적 박탈감을 느낀다는 평범한 내용이었지만, 이 한 줄로 인해 자신을 기준으로 세상일을 판단하는 눈치 없는 내용으로 완전히 탈바꿈한다. 이처럼 임팩트 있는 강렬한 마무리, 시상을 집약시켜 보여주는 마무리는 시의 주제를 효과적으로 전달할 수 있다.

시에서는 마무리도 중요하지만 제목을 어떻게 정하느냐에 따라서도 전달되는 내용이나 느낌이 달라진다.

서울 1998년, 서울대학교

민송기

(전략)

2. 심인

잃어버린 서울대생을 찾습니다.

약간 마른 편에 미남형
실종 당시에는 90kg이었으나
지금은 40kg정도로 추정됨.
가끔씩 영어나 독일어로 중얼거린다 함.

사범대 식당 앞에서 본 벽보 하나
저 벽보를 붙인 사람은 누구일까
정말 찾고 싶어진다.

3. 도서관 예수

그가 언제부터 나타났는지는 아무도 모른다.
허나 언제부턴가 모두들 그를 알게 되었다.
지저분하게 수염이 난 얼굴에는
깊은 화상자국이 더욱 무표정하게 만들었다.
늘 세수 안 한 얼굴과 몇 달째 빨지 않은 똑같은 옷

서울역 노숙자의 모습을 한 그는 언제나

한겨레 신문을 들고 도서관 주위를 배회한다.

고시 준비하다가 돌았다

아니, 화학과 대학원에 있다가 폭발로 얼굴이 저렇게 되었다

벤처 기업을 하다가 망해서 저러고 있다는

여러 이야기가 떠돌았지만

아무것도 확인된 것은 없다.

다만 자세히 보면 크고 깊은 눈을 가진 이국적인 마스크에

이 세상의 모든 고난을 짊어진 듯

떠도는 이야기들에 맞는

깊은 슬픔과 위엄이 있을 뿐이었다.

우리 복학생들은 그를 도서관 예수라 불렀다.

후배들은 그를 보고 도서관 프락치라 불렀다.

후배들은 80년대의 그늘에 살았던 우리들보다

상상력이 빈곤하다.

그러나 1998년 서울에 예수가 재림했다면

저렇게 눈에 띄는 프락치가 되었을 지도 모를 일이다.

이 시는 '서울 1998년' 연작 시 중, 서울대학교의 풍경을 다룬 시의 일부분이다. 2는 내용이 앞뒤가 맞지 않고 횡설수설하는 심인 벽보를 보고 벽보를 붙인 사람을 찾고 싶다는 코믹한 내용이다. 3은 서울대학교에서 유명하기는 하지만 정체가 알려지지 않은 인물에 대한 설명

과 사람들의 반응을 보여주는 내용이다.

그냥 보면 서울대학교라는 공간에 있었던 웃기는 이야기 정도로 생각할 수도 있다. 그런데 이 시의 제목이 '서울 1998년'이라는 것을 생각하면 느낌이 좀 다르다. 김승옥 작가가 소설 『서울 1964년 겨울』에서 서울이라는 공간과 1964년 겨울이라는 시간에 상징성을 부여한 것처럼, 이 시에서도 제목을 통해 1998년이 가진 상징성에 주목을 한다.

1998년은 1997년 IMF 외환 위기의 여파로 기업의 부도와 실업 문제가 본격적으로 나타나기 시작한 해였다. 미래를 알 수 없는 암울한 상황을 서울대학교 학생들이라고 해서 비켜 갈 수는 없었다. 의대와 사대 광풍이 일어나기 시작한 것도 이때였다.

제목을 생각하고 다시 보면 2에서 실종된 학생이나 그를 찾는 사람이나 모두 어려운 경제 상황에서 주변의 기대로 인한 압박에 시달리는 사람들이라고 할 수 있다. 3에서 '도서관 예수'로 불리는 사람은 일정한 직업도 없이 배회하는 인물로 1998년 당시 흔히 볼 수 있었던 실업자의 모습과 겹쳐진다.

당시에 기업에서 일하던 말단 직원부터 고위직까지, 사장님으로 불리던 자영업자들까지 실직과 파산의 칼바람 앞에 서야만 했다. 1998년이라는 제목이 붙고 1998년의 상징적 의미를 본다면 도서관 예수는 한 기인의 이야기가 아니라 진짜 예수가 재림했더라도 어찌할 길이 없던 당대 우리나라의 단면이라고 할 수 있다.

시는 삶의 이야기다

나는 이야기를 좋아했다. 그래서 학창 시절 문예반을 하면서 소설을 주로 썼고, 대학교에서의 전공도 현대소설이었다. 직업인으로 생활을 하고, 아이들을 키우면서 소설은 아주 멀어지게 되었다. 왜냐하면 소설은 길게 써야 했기 때문이다. 그렇다고 해서 이야기를 좋아하는 나의 성향이 바뀐 것은 아니다. 미용실에서 아줌마들이 모여서 하는 이야기들도 좋아하고, '기막힌 이야기 실제 상황'이나 아침 드라마 보는 것은 여전히 좋아한다. 주변 사람들 사는 이야기를 소설이 아니라 시로 쓰게 되었을 뿐이다.

앞에서 사물이나 현상을 관찰하고 시를 쓰는 것에 대해 이야기를 했는데, 사람들이 살아가는 소소한 이야기 역시 시의 중요한 소재가 된다. 다음 시를 살펴보자.

열무 삼십 단을 이고
시장에 간 우리 엄마
안 오시네, 해는 시든 지 오래

나는 찬 밥처럼 방에 담겨

아무리 천천히 숙제를 해도

엄마 안 오시네, 배추잎 같은 발소리 타박타박

- 기형도, 「엄마 걱정」 중에서

대학교 4학년 때 교육 실습을 나갔을 때 지금은 연합뉴스에 있는 광철이가 이 시로 수업을 했었다. 지금은 교과서에도 나오는 제법 유명한 시이지만 그때는 거의 알려지지 않은 시였다.(지도 선생님이 나중에 교과서를 만들면서 이 시를 사용했고, 그때부터 유명해졌다.) 시의 내용은 어려운 말이 하나도 없고, 상황이 모두 그려진다. 엄마를 기다리면서 오지 않는 엄마에 대한 걱정과 함께 빈방에 남겨진 쓸쓸함과 공포를 느낄 수 있다.

교생으로 갔던 부속 여중은 대학로에 있었는데, 학부모들은 밤늦게까지 장사를 하느라 아이들을 제대로 돌보지 못하는 경우가 많았다. 울컥한 몇몇이 훌쩍거리자 같이 울기 시작하고, 교실이 울음바다가 되었었다. 공감을 얻을 수 있는 진솔한 이야기가 가진 힘이라고 할 수 있다.

영동역 앞 솔다방

봄날 오후보다 나른한
카페 음악 테이프는 늘어지고
배달을 막 다녀 온 김 양도
음악처럼 늘어지고만 싶다.
이런 날은 그렇게도 싫어했던
공부도 해 보고 싶고
술주정뱅이 아버지를 만난다면
TV에 나오는 아이들처럼
'사랑한다' 고 말할 것만 같다.

가운데 테이블에 앉은 백구두 최 사장은
블랙커피 한 잔 시켜놓고 종일 앉아 있어도
이젠 그의 허세를 들어 줄 아가씨가 없다.
조합장 선거 두 번 떨어져
과수원도, 아들 등록금도, 갈 데도 없다는 걸
오빠라고 붙던 레지들도 이는지
양강 부대 젊은 아이들한테만 붙어 있다.

구석자리에선 박 병장의 끝없는 무용담에

마담과 민 양의 과장된 웃음이
솔다방 오후의 나른함을 깨뜨린다.
말로는 국가대표 축구선수였다가
지중화 탄약고에 숨겨져 있다는
마징가를 정비하는 쇠돌이였다가
수천 명 학살한 람보, 코만도, 터미네이터였다.
람보한테 학살당한 사람보다도
더 많은 군인들에게서 들은 이야기지만
처음 듣는 이야기인 양 맞장구를 쳐 주던 마담은
눈치껏 커피값과 같은 요구르트를 마신다.

옆에 각 잡고 앉아 있는 성 이병은
모든 것이 불편하다.
레지들이 묻는 말에도
"이병 성! 상! 훈! 네, 그렇습니다."
거울을 보면 모든 일이 이처럼 어색하다.
어색함보다 더 싫은 것은
고참과 함께 있고, 부대 복귀 시간이 다가오고
지금 이 자리에 있다는 것이다.
차라리 저편 구석에 고무신 거꾸로 신으려 온 듯한
감꽃 같은 여대생이 나에게도 결별을 통보하러
면회라도 왔으면 좋으리라.

여자 친구와 마주 앉은 박 상병은
담배 연기만 바라본다.
유행가 가사처럼 세상이 무너지고
탈영이라도 할 것만 같았는데
신기하게도 아무렇지 않았다.
규칙에서 혼돈으로, 혼돈에서 소멸로
끊임없이 이어지는 담배 연기를
그저 무심히 바라볼 뿐이다.

읍내 거리 감나무에 감꽃이 한 번만 더 지면
포도밭 대민지원 한 번만 더 하면
모두 담배 연기처럼 사라질 것이다.
작대기 하나에서 말똥 세 개까지 상대한다는
저 피곤한 레지도, 요구르트 살이 오른 저 마담도
무얼 바라는지 죽치고 있는 촌 유지도
세상에 나가는 게 두려운 허풍선이 말년 병장도
그가 부러운 저 이등병도
앞에 앉은 이 여자도
어느 봄날 이 공간에 놓였던
나도.

이 시는 군부대가 있는 충북 영동 읍내 다방 풍경을 통해 같은 공간에 놓여 있었던 다양한 인간 군상을 그려 내고 있다. 나른한 음악이 흐르는 다방이라는 공간에서 말년 병장과 이등병, 여자 친구의 결별 통보를 듣는 상병, 그리고 가출해서 힘겹게 살고 있는 레지와 조합장 선거에 떨어진 시골 유지와 같은 인물들의 시점에서 서술이 된다.

같은 공간에 있지만 동질감도 없고, 지속적인 관계를 유지할 일은 더더욱 없는 사람들이지만 이곳에 모여 있는 사람들 모두 저마다 삶의 애환을 가진 사람들이다. 곽재구 시인의 시 「사평역에서」처럼 우연히 같은 공간에 모여 있는 사람들이며 '연기'로 압축되는 시의 분위기를 따라가다 보면 거기에 모여 있는 사람들이 안고 사는 아픔과 슬픔을 상상해 볼 수 있다.

이런 종류의 시를 흔히 '이야기시'라고 하는데, 서사시나 소설과는 조금 차이가 난다. 소설이 명확한 스토리를 가지고 있다면 이야기시는 작가가 일부분을 보여주고 나머지 스토리는 독자가 상상력을 통해 완성해 가는 것이다.

곽재구의 시인의 시 「사평역에서」를 임철우 작가는 「사평역에서」라는 소설로 만들기도 했고, 장정일 시인의 시 「요리사와 단식가」는 〈301 302〉라는 영화로 만들어지기도 했다. 이처럼 이야기시는 상상력을 통해 해석

되고 확장될 수 있음을 보여준다.

경험한 것이나 상상한 것과 같은 이야기시로 쓰는 것은 난해하지 않으면서도 사람들에게 감동을 줄 수 있는 방법이다. 이때 주의해야 할 점은 자신을 돋보이게 하기 위해서 자기 자랑처럼 이야기해서는 안 된다는 것이다. 사람들은 자기 고백을 하듯이 꾸밈없이 자연스럽게 하는 이야기에 공감하고, 감동을 받는다.

시는 올바른 세상을 위한 꿈이다

우리가 세상에 어떤 말을 하는 순간 그 말은 특정한 맥락 안에 놓이게 되고, 지향점을 가지게 된다. 다른 사람에게 '좌익', '빨갱이', '홍어'라는 말을 했다면 그 순간 지칭 대상과는 적이 되며, 그 사람과는 함께 하기 어렵다는 선언이 된다. 그 말이 지향하는 지점으로 계속 가보면 생각이 다른 사람들은 배제하고 우리 편만으로 이루어진 세상을 만들겠다는 것이 된다.

정치인들이야 정당의 궁극적인 존재 목적이 정권 획득이라고 하니까 우리 편끼리 똘똘 뭉쳐서 정권 획득하고, 우리 편의 뜻대로 되는 그런 세상을 만들겠다는 것에 대해 뭐라고 할 수는 없다. 그렇지만 누군가 함부로 권력을 휘두르거나 부당하게 이익을 보면 누군가는 억울한 일을 당할 수도 있다.

약한 사람들이 일방적으로 희생을 당하는 세상이 올바르지 않다는 것은 누구나 안다. 우리가 책에서 배웠던 정의, 양심에 어긋나는 일을 하는 것도 올바르지 않고, 그에 대해 침묵하는 것도 올바르지 않다는 것을 안다.

자신의 이익을 위해 공동체를 이용하고, 저버리는 것이 올바르지 않다는 것을 안다. 우리가 살아가다 보면 그런 것들을 잊기가 쉽지만 우리가 시를 읽고 쓰면서 생각해야 할 것은 어떤 상황에서도 우리의 말은 올바른 쪽을 향해 있어야 한다는 것이다.

(전략)

지금은 매미 떼가 하늘을 찌르는 시절

그 소리 걷히고 맑은 가을이

어린 풀숲 위에 내려와 뒤척이기도 하고

계단을 타고 이 땅 밑까지 내려오는 날

발길에 눌러 우는 내 울음도

누군가의 가슴에 실려가는 노래일 수 있을까

- 나희덕, 「귀뚜라미」 중에서

이 시에서 귀뚜라미 울음소리는 콘크리트 좁은 틈 사이에서 들리는 아주 미약한 소리이다. 세상을 뒤덮은 시끄러운 매미 소리 때문에 잘 들리지도 않는 소리이다. 그렇지만 귀뚜라미는 매미 소리가 걷히고 사람들이 들어줄 날이 있을 때까지 끊임없이 신호를 보낸다. 귀뚜라미의 타전 소리는 한때 시끄럽게 세상을 뒤덮었다가 사라지는 선전과 선동의 언어가 아니라 약한 이들을 대변

하는 소리이다. 그렇게 보면 귀뚜라미의 타전 소리는 시인의 소리, 시인의 역할이라고 할 수 있다.

시인의 목소리는 매미 소리 같은 선전 선동의 소리가 아니기 때문에 매미 소리가 걷혀도 모든 사람들이 들을 수 있는 큰 소리는 아니다. 누군가 그 소리에 귀 기울여 주고 귀뚜라미가 거기에 있었음을 생각하고, 감동을 받았으면 하는 작은 소리일 뿐이다. 이 시를 읽으면 마음 하나 울리는 기분이 느껴지는데, 그것은 시인이 지향하는 방향이 우리가 올바르다고 생각하는 것과 다르지 않기 때문이다.

금붕어는 어항 밖 대기를 오를래야 오를 수 없는 하늘이라 생각한다.
금붕어는 어느새 금빛 비늘을 입었다 빨간 꽃 이파리 같은 꼬랑지를 폈다. 눈이 가락지처럼 삐여져 나왔다.
인젠 금붕어의 엄마도 화장한 따님을 몰라볼 게다.

금붕어는 아침마다 말숙한 찬물을 뒤집어 쓴다 떡가루를 흰손을 천사의 날개라 생각한다. 금붕어의 행복은 어항 속에 있으리라는 전설과 같은 소문도 있다.

금붕어는 유리벽에 부딪혀 머리를 부수는 일이 없다

얌전한 수염은 어느새 국경임을 느끼고는 아담하게
꼬리를 젓고 돌아선다. 지느러미는 칼날의 흉내를 내서도
항아리를 끊는 일이 없다.

- 김기림, 「금붕어」 중에서

이 시는 우리나라에 이미지즘 시 작법 이론을 도입한
김기림의 시인데 크게 어렵지 않게 해석이 가능한 시이
다. 어항 속의 금붕어는 어항 속의 세계에 자신을 맞추
어 살아간다. 유리 항아리에 부딪쳐 깨뜨릴 생각도 하지
않고 먹이를 주는 대로 먹고 배설물만 쌓아가면서 살아
간다.

금붕어에게도 바다를 향해 가고 싶다는 본능과도 같
은 꿈이 있다. 그렇지만 꿈을 위해 바다로 가면 먹이를
찾아야 하고 상어에게 쫓겨야 한다는 위험도 있다. 이를
인간 세계에 대입을 해 보면 남이 정해 준 대로 편안히
살면서 아무런 경험도 발전도 하지 못하는 삶과 자신이
하고 싶은 일을 하면서 다양한 경험을 하는 삶의 길과
대응된다고 할 수 있다. 현실에 안주해 사는 길이 편안
할 수 있지만 그것은 꿈이 없는 삶이라는 것을 시는 보
여준다.

시 창작의 즐거움

9월 달력을 넘기면 고3들에게 입시와 수능은 당장 코 앞에 닥친 현실이 된다. 모두들 마음도 급하고, 긴장되기도 하면서 심리적으로도 많이 불안정해지는 시기이기도 하다. 3학년 담임들도 학생들과 마찬가지로 마라톤으로 치자면 40km 지점을 통과한 선수처럼 거의 체력이 바닥난 상태가 된다.

몇 년 전 이맘때쯤 아무 생각 없이 학교 뒷산을 바라보고 있는데 문득 단풍이 들어 있는 게 보였다. "어, 단풍 들었네."라고 말하다가 단풍 든 것도 모르고 정신없이 산 것에 대한 생각을 시로 한번 써 보았다.(시를 쓰는 데는 5분이 걸렸다.)

오-메 단풍 들었네

민송기

교실 창밖으로 보이는 푸른 하늘
그 하늘에 맞닿은 학교 뒷산을 보다
나도 모르게 하는 말이
오-메 단풍 들었네!

학교 뒷산의 꽃들은
존재의 흔들리는 가지 끝에서 피었다 지고
꽃피는 나무는 자기 몸으로 꽃피는 나무였다가
결별이 이룩하는 축복에 싸여 꽃답게 죽고
무성한 녹음과 열매 맺는 가을
고풍한 뜰에 달빛이 조수처럼 밀려오는 동안
동복에서 하복으로 하복에서 다시 동복으로
교복으로 계절을 알 뿐
밑줄 치고 외우고
남의 말로 조각낸 시를 읽으며
뒷산 한 번 쳐다볼 여유 없이
1년을 보냈구나

애들아!

수능은 수능이고, 단풍은 단풍이지
　너희들의 미래 같은 단풍 든 산을 보아라.
　오-메 단풍 들었네!

　아는 사람들은 알겠지만 제목은 김영랑 시인의 「오―매 단풍 들것네」를 변형한 것이고, 2연에 사용된 말들은 학생들이 배우는 교재에 나오는 유명한 작품 김춘수의 「꽃을 위한 서시」, 황지우의 「겨울―나무로부터 봄―나무에로」, 이형기의 「낙화」, 장만영의 「달 포도 잎사귀」에서 가져온 것들이다.
　'생각하지도 못한 새에 시간이 많이 흘렀다.' 라고 표현하면 너무 재미가 없을 듯해서 나무의 변화와 관련된 시 구절을 떠올려 보니 그런 구절들이 떠올랐다. 시 구절을 모아 보니 그 시간 동안 시험 점수를 잘 받기 위해 시를 분석하는 일을 해 온 것을 표현할 수 있는 말이기도 했다. 그렇게 감정을 휘몰아치면서 마무리를 하니 누군가의 마음 하나 울릴 수 있는 정도는 된 것 같다.
　어떤 사람들은 여기에 대해 시인들이 고통스럽게 쓴 시구를 날로 가져다 쓰는 것이 아니냐고 이야기를 했다. 그렇지만 나는 개인적으로 '창작의 고통' 이라는 말을 좋아하지 않는다. 내가 생각하는 창작이라는 것은 이미 있는 좋은 말들을 이용해서도 할 수 있는 것이며, 일상생활 속에서 재미있어서 하는 것이기 때문이다.(고통은 생각해 놓은 글감은 없는데 마감 시간이 다가올 때 생기는 것이다.)

장정일이 김춘수의 「꽃」을 변주하여 「라디오같이 사랑을 끄고 켤 수 있다면」을 쓴 것처럼 이미 있는 작품들도 창작의 재료가 될 수 있다. 시인들의 말은 고통으로 만들어낸 다른 차원의 말이 아니다. 주변 어디에나 있는 말을 잘 발견하고 다듬고 일맞은 위치에 놓은 것일 뿐이다. 그러므로 창작이라는 것은 누구나, 자유롭게, 즐겁게 할 수 있는 것이다.

엄마의 갱년기

언제부턴가 엄마는 앉았다 일어날 때
신음 소리를 내신다
냄비를 태우기도 하시고
대화할 때 단어가 생각나지 않는다며
의기소침해지기도 하신다
내 사춘기가 끝나기 전에
엄마의 갱년기가 시작된 것이다
갱년기를 알 턱 없는 사춘기 아들을
힘든 갱년기 엄마는 이해해 주신다
인생에는 통과해야 할 터널이 많다
난 이제 첫 번째이고
엄마는 두 번째 고비를 넘고 계신다
배려와 사랑으로 지켜봐 주며
우리 함께 잘 견뎌내고 지나가기를!

모과나무

이 승 찬

울 동네 지킴이
600살 모과나무
우락부락 근육질의 몸통과 어울리지 않게
봄엔 작고 예쁜 분홍 꽃을 피우더니
가을엔 투박한 모양의 노란 열매들을
주렁주렁 매달고 있다
어떻게 그 오랜 세월을 변함없이
버텨올 수 있었을까?
그 앞에 서면
고작 17년을 살아오며
힘들다고 투덜대던 내가
절로 고개가 숙여진다
화려한 꽃을 피우지 않아도,
아름다운 열매를 맺지 않아도
시간을 견뎌내고 버텨온
모과나무 그 자체로서
충분히 아름답고 존경스럽다

치자꽃 향기

이승찬

6월이면 기다려지는 손님
생크림처럼 포근한 여섯 갈래 꽃잎으로
수줍게 찾아오니
행복한 미소가 절로 지어진다
외모보다 마음이 더 예쁜 여인을 만나듯
은은한 꽃의 향기가
어느덧 코 끝에 와 닿아
설렘은 기쁨으로 벅차오른다
향기 없는 화려한 외모는 금세 질리지만
소박하지만 겸손한 마음을 품은 이는
오래도록 기억되나 보다
해마다 잊히지 않는 향기를 가슴에 품고
나도 누군가에게 좋은 향기로 기억되기를 꿈꾸며
내년 6월에 다시 찾아올 손님을 기다린다

23.5도

지구는 돈다
23.5도 기울어져 돈다
자각하지 못한 채
너도 나도 기울어져 돈다
기울어진 초록 위에서
기울어진 파아란 생각을 할 뿐이다
기울어진 지평을 바라보며
수평으로 기울어진 축에서 돌고 돌 뿐이다
똑바로 된 세상은 우리 눈에서
23.5도 기울어진 채 비칠 뿐이다

지구

이 영 륜

지구는 5대양 7대주
그러나
지금은 1대양 2대주
좁디좁은 두 땅엔
곧게 선 막대기와 이제 다 굽어진 막대기가
아담과 이브가
빨간색과 파란색이
책과 총검이
오른쪽과 왼쪽에
놓여 있다
그 어떤 바다보다 넓은 대양을 두고
눈 두 개 감고 귀 두 개 닫고
활짝 열린 입 하나로 소리칠 뿐이다
바다야 솟아라
솟아서 두 땅 덮어주렴
덮어서 이제는 불씨 아닌 화염
영원히 다시는 솟지 못하게 꺼주렴

꺼져서 이 세상엔 오직 물만 남게 해주렴

지구는 5대양 7대주

그러나

내 마음속 지구는 1대양

척척박사

이 영 륜

우리는 척척박사다
뭐든지 해내는 척척박사
슬플 때 괜찮은 척
괴로울 때 괜찮은 척
지칠 때 괜찮은 척
두려울 때 괜찮은 척
싫을 때 괜찮은 척
이 슬픈 것 척척 해내는
우리는 척척박사다
뭐든지 해내는 척척박사다

기찻길 옆 민들레

성 건

시험을 치를 때마다
손끝과 함께 부들부들
떨리는 내 마음은
소리 없이 찾아오는 성장통

기찻길 옆 민들레들이
기차가 지나가는
바람과 진동을
온몸으로 이겨내며
더 굵은 줄기로
더 단단히 꽃을 세우듯

두렵다는 것은
노력하고 있다는 것
노력하고 바라는 것은
그만큼 전진하고 있다는 것

기차 바람을 타고
또 다른 세계를 향해
날아가는 민들레 씨앗들

괜찮아
너는 또 하루 성장하고 있기에
괜찮다

조용한 손길

성 건

눈을 감고
걱정을 내려놓고
자연을 느껴보자

파아란 하늘에 펼쳐진
뭉게뭉게 구름들 아래

바람이 말없이 다가와
부드럽게 말을 건넨다

다 잘될 거야,
괜찮을 거야

앞만 보고 달리던 내게
쉬어가라고 이야기를 해준다

직선 같은 나의 삶에서

잠시 직선을 끊고 모양을 바꿔서
예쁘게 도형을 만들어준다

내가 힘들 때마다
아무 말 없이
내 손을 잡아주는 손길

꿈

김민규

어릴 적에는 마냥
파란 하늘 바라보며
웃는 날이 많았는데

노랑 풍선 파랑 풍선 날아가고
방패연이 춤을 추고
그리스 신화 속 오리온자리 찾고

어느덧 나도
어른들처럼 앞만 보며
시름하는 날이 많아졌다

다시
하늘을 올려다보며
비행기가 남긴 구름들처럼
하나하나 띄워보고 싶은
사라져가는 나의 소중한 꿈들

비비추

김 민 규

아파트 현관 입구 화단
햇살도 없는 구석진 곳

목련 산수유 철쭉 사이
존재감이 없는 푸른 몸

하지만 난 알고 있지
봄이면
따뜻한 날씨와 바람의 숨결로
새순이 비비 꼬여서 돋아나고

7월이면
커다란 잎들 사이로
화려한 자태로
보랏빛 춤을 추는 것을

지금의 나는 겨울 속 어딘가

하지만 난 알고 있지
눈보라를 딛는 데는
그리 오래 걸리지 않을 것을

강인하게 꽃 피우는 비비추 뿌리처럼
이 시절 이겨내고
당당하게 에메랄드빛 꿈을 이룰 것을

선물

김 민 규

내 책상 위 망원경 속에는 내 친구가 있다
그림을 무척이나 잘 그리고
건축에 관심이 많아 가우디처럼
건축가가 꿈이었던 내 친구

알람브라 궁전에서 온 망원경 속에는
함께 길거리 농구하는 모습도
함께 먹었던 맛있는 짜장면도
함께 했던 영어 학원도
생일파티에서 웃고 떠들던 모습도 들어 있다

걱정의 무게보다 행복의 무게가 가득했던
내 소중한 시절이 망원경 속에 있다
망원경 속에는 내 친구도 있고 추억도 있고 행복도 있다

밤에

이따금 깊은 밤에 사방이 고요할 때
손가락 움직일 힘도 남아있지 않을 때
정신만 또렷이 나를 붙잡고
이러지도 저러지도…
서슬 퍼런 잡념
엘리스의 토끼 구멍 속으로 나를
아! 따뜻했던 요람으로 돌아가고 싶다

'메타'에 대한 단상

김규동

메타학습, 메타인지, 메타버스, 메타물질…
언제부턴가 세상은 온통 '메타'로 넘쳐난다
세상에 발을 들여놓지도 못하고 있는
내게는 여전히 '메타'인 메타 세상

비누

동그랗던 비누가 있었다
기름때 묻은 손
놀이터 모래 묻은 손
사람들의 손에 담긴
때를 씻기는 동안
모양이 변한다
그렇게 거품 꽃을 피워내면서
작아지고 뾰족해지고 뭉툭해진다
비누는 그렇게 자기 한 몸 희생해
우리를 깨끗하게 해준다
못생긴 비누는
기름, 모래, 먼지가 묻어있어
더럽지만 깨끗하다

미시 세계

김 영 석

아무것도 정해져 있지 않다
관찰하기 전에는
여러 상태가 공존하고 있다
경험하기 전에는

존재하지만 보이지 않는 세계
우리의 인생도 마찬가지다
정해져 있지 않기 때문에
항상 물음표와 함께 살아간다

커서 어떻게 살아갈까?
시험 성적은 어떻게 될까?
어떤 직업을 가질까?
무슨 음식을 먹을까?

그 물음표는 가슴에 꽂혀
두려움이 되기도 하지만

정해져 있지 않기 때문에
우리는 살아간다

이중성

채 민 재

빛은 이중성을 가진다
파동성과 입자성
이중성이 만든 과학적 발견

입자로 설명할 수 없을 땐
파동으로 설명하고
파동으로 설명할 수 없을 땐
입자로 설명하면 된다

약은 병을 치료하고
약은 새로운 병을 만들어낸다
그럴 땐 새로운 약을 만들어낸다
세상 일에 대답 못 할 것이 없는
편리한 이중성

상대적 박탈감

채 민 재

정보 시간 선생님 몰래 그와 같이 게임을 한다
들킨 줄도 모르고 신나게 한다
체육이 아닐 때도 같이 축구를 한다
주말에는 해외 축구 다 챙겨본다
독서실 내 옆자리에서 잔다
침까지 흘리며 꿀잠을 잔다
깨어나면 핸드폰을 만진다
나도 그와 같이 자고 핸드폰을 한다
그런데도 그는 숙제를 다 했다
시험도 만점을 받는다
나보다도 몇 걸음은 더 앞서 있다

아! 상대적 박탈감
혹은 나의 눈치 없음

관성

조 지 윤

내 지난날들의 벡터는 음(-)의 방향
과거 나는 음의 방향으로 가속하여
속력은 걷잡을 수 없이 커져 버렸고
한없이 나태해진 내 몸과 정신은
그 상태를 바꿔버리기엔 너무 어려워졌다
순간적인 쾌락은 그것이 영원할 것 같은 얼굴을 하고 내
게 다가왔고
나태함과 게으름은 나를 이 상태에 안주하게 했다
행복하기 위한 운동의 결과
나는 행복하지 않았다

정말 이대로는 내 삶이 망가질 것 같았다
더 이상 이렇게 살고 싶지 않았다
그리고 나는 양(+)의 방향으로 천천히, 아주 작은 힘이
라도 가하기 시작했다
조금씩, 아주 조금씩 힘을 더해갔고
넘어지더라도 포기하지 않았다

마침내 음의 관성을 깨부수고 원점으로 돌아가기까지
정말 많이도 고통스러웠다
참 많이도 인내했다
이제 나는 원점에 위치해 있다
같은 원점이라도 분명 이전과는 다르다
나에게 붙은 새로운 관성으로
나는 목표를 향해 달린다
아무것도 이룬 것이 없지만
비로소 나는 편안하다

반성

조지윤

노력할수록 부족한 것이 보이고
부족할수록 어리석었던 내가 부끄러워진다
부끄러움 속에서도 더 나은 내가 되었음이 뿌듯하고
뿌듯함이 커질수록 도전의 용기가 생긴다
이것에 끝은 없는 것 같다
한 분야의 최고가 된다는 것은
끝을 본다는 것이 아니라
부족한 것을 보고
부끄러워하고
뿌듯함을 느끼고
용기를 가지고 도전하는
그런 일을 반복하며 버티고 인내하는 것이다
반복은 제자리걸음이 아니다
도약의 나선 계단을 오르는 것이다
나는 최고가 되기 위해 묵묵히 나아간다

자유

아무도 나에게 강요하지 않는다
나는 나의 길에 자유가 생겼다
자유가 생기면서 근심과 불편함이 많아졌다

익숙했던 과거는 너무 짧고
막막한 미래는 너무 긴데
무슨 일을 해야 먹고살 수 있을까
내가 진짜 하고 싶은 것은 무얼까
앞으로 나의 미래는 어떻게 될까
나는 지금 바른 길로 가고 있을까

과거는 짧고 미래는 창대한데
자유가 없을 때보다 발길은 더 무겁다
하지만 나는 달린다
직진하다 막다른 길을 만날 자유
아무것도 없는 곳으로 갈 자유
내 인생의 주인공이 될 자유를 위해

야식

김 성 호

오늘도 부엌에서 분주하다
오늘도 어김없이 나에게 돌아온다
학교에서 학원으로 도는 동안
비어졌던 배가 불러온다
행복감이 밀려온다

어머니
오늘도 고맙습니다

수행평가 보고서

박 재 준

잊을 만하면 다시 돌아오는 그것
어쩔 수 없이 해야만 하는 그것
나를 피곤하게 만드는 그것

수행평가 보고서

과목마다 과제 한 장 두 장 쌓여가면
그것을 작성해야 하는 압박도
한 겹 두 겹씩 쌓여 간다

안 녕 하 세 요 저 는 말 하 는 타 자 기 입 니 다
뭐 든 주 제 던 져 주 면 보 고 서 작 성 할 게 요

나는 기계가 되어 가는 것 같다

암흑 물질

박 재 준

분명 보이지는 않지만
영향은 미치고 있다

무언가를 성취하고자 해도
결과가 잘 따라주지 않는다
맡은 바를 다하려고 해도
결과는 아쉽다

아무리 힘을 써봐도
보이지 않는 투명벽이 있다
여러 줄기로 내려온
형형색색 무지갯빛이
한 줄기 흰빛이 되어
나에게는 어둠으로 내린다

여기서 내가 할 수 있는 것은
한 줄기 빛을 반기기 위해

내가 앞으로 나아가는 것뿐
암흑 물질을 넘어
내 힘이 다할 때까지 몸을 던지자
언젠가 한 가시광선이
날 반겨줄지도 모른다

간에는 죄가 없다

간 때문이야
간 때문이야
피곤은 간 때문이야

술 마신 날도 야근한 날도
밤낮없이 제일 열심히 일하는 건 간인데
열심히 일한 것이 죄라고
차두리는 생간 잡는다

행복의 적분

민 건 도

순간들이 모여 인생이 된다는데
오늘 하루 내가 보낸 순간들에는
계산이 안 되는 빈칸이 너무 많다

전체는 부분의 총합이라고 하던데
불행한 순간들이 모여 행복이 만들어질까
내일의 행복을 위해서는 지금 이순간
행복해야 하지 않을까

라고 생각하며 책상에 앉아
삼차 함수 적분을 하는 오늘

해열제

뜨겁다
공기가 뜨겁다
몸이 뜨겁다
세상이 뜨거운 건지
내가 뜨거운 건지
고통으로 뜨겁다

해열제를 먹는다
열이 내려간다
하지만 세상은 아직도 뜨겁다
서로 욕하고 화내면서
고통은 점점 더 심해간다
저 뜨거운 세상의 열을 식힐
해열제가 있었으면

학교

민 경 률

우리가 배우는 곳
우리가 성장하는 곳
우리에게 밥을 주는 곳
우리에게 시험으로 등급을 가르는 곳
우리에게 친구와의 추억을 만들어주는 곳

적절한 것이 네 개가 있어도
적절하지 않은 한 개 때문에
가기 싫은 곳

아빠의 손

민경률

유치원 때 잡았던 아빠의 손은
세상에서 제일 크고 세 보였다
파워레인저가 없어도 악당들 온다면
아빠가 다 때려잡을 수 있을 것만 같았다

초등학교 때 잡았던 아빠의 손은
있는 힘이라곤 암세포로 다 빠져나가고
나의 손을 꽉 쥐어 주시지도 못하고
내가 잡아주지 않으면 안 될 정도가 되었다

고등학생이 되어 잡아 본 아빠의 손은
손등에 거친 주름이 잡혀
악당을 잡기에는 너무나 고달파 보인다
그렇지만 이 세상 어떤 악당들보다 무서운
암세포들을 모두 물리치고 다시 나의 손을
잡아주시는 아버지의 손은

그 어떤 영웅들보다 더 큰일을 해내신
흔적을 담고 있다

숨바꼭질

조 우 진

아무리 찾아봐도 보이지 않는다
이집트에 두고 왔나
공항에 두고 왔나
학교에 두고 왔나
학원에 두고 왔나

분명 있는 것 같은데
아무리 찾아봐도 보이지 않는다
책갈피에 숨었나
화장실에 숨었나
옷장에 숨었나

아무리 찾아봐도
'나' 가 보이지 않는다

소년

조우진

소년이 울고 있다
혼자서 훌쩍훌쩍
울고 있다

말을 걸어봐도
울고만 있다

사탕을 내밀어도
울고만 있다

손을 내밀어도
울고만 있다

거울 속에서
아직도 소년은 울고 있다

굽은 등〔曲背〕

- 요양원 봉사활동을 다녀와서

조우진

저기 굽은 언덕이 둥둥 움직인다 　　丘不老者背
언덕이 아니라 노인의 등이었구나 　　較泰山態倒
태산 같던 과거의 모습 다 쓰러지어 　　今低丘變支
지금은 낮은 언덕이 되어 우릴 지탱하네 　　彼曲丘泰動

개미

하 수 민

한없이 작고 여린 개미
개미는 오늘도 위험천만한 세상을 돌아다닌다

어디선가 불어오는 바람에 개미가 날아간다
어디선가 다가오는 그림자에 개미가 숨는다
어디선가 쏟아지는 물줄기에 개미가 피한다

개미는 내일도
위험천만한 세상을 돌아다닐 것이다
그러나 개미는 살아남을 것이다

어디선가 바람이 불어와도 개미는 살아남을 것이다
어디선가 그림자가 다가와도 개미는 살아남을 것이다
어디선가 물줄기가 쏟아져도 개미는 살아남을 것이다

한없이 작고 여린 개미
개미는 오늘도 살아남았다

미, 米, me

하 수 민

벼는 익으면 익을수록
고개를 숙인다던데
성적표를 받는 날은
나도 벼처럼
고개를 숙이게 되더라

고개 숙인 벼는 농부의 기쁨이지만
고개 숙인 나는 부모님의 슬픔이라
저절로 더 숙여지게 되더라

벼는 모진 바람에 쓰러져
다시 일어나지는 못하면
농부의 슬픔이 되지만

나는 달콤한 유혹에 쓰러져
부모님의 슬픔이 되지만
또다시 일어날 힘이 있더라

나는 쓰러져도 다시 일어날 수 있으니
결국은 내가 벼보다 나을 날이 있으리

바람에 몸을 맡기다

신준호

작은 바람에
위태위태하던 새싹은

미세먼지에 치이고
벌레에게 좀먹히고
지나가는 버스에 고통받는다

다른 새싹과 위로도 하고
줄기에 의지도 하지만
다가가면 갈수록 점점 멀어질 뿐

떨어지기를 결심한 상처투성이는
부모와 작별인사도 못 한 채
바람에 몸을 맡긴다

오늘도 전 세계 80억 그 누구도 품지 못한
나조차도 품지 못한

눈물조차 흘릴 수 없는
떨어지기 너무 어린
새순이 떨어진다

나의 꿈

신 준 호

대서양보다 더 깊은
진밭골 산속
깊은 우물 만나고 싶다

가볍게 만나고 헤어지는 사람보다
영원히 동행할 수 있는 그런
진하고 끈끈한 사람 만나고 싶다

같이 눈물을 나누고
기쁨을 늘리고 재미를 찾고
내일이 없더라도 오늘을 달리고 싶다

험한 세상에서 부딪히고 넘어지더라도
너와 함께 멈추지 않고
끝없이 질주하고 싶다

1인 3역

신 준 호

집에서는
가족을 부양하고 돌보는
아빠 역할
청도 농장에서는
나무와 꽃을 가꾸고 돌보는
농부 역할
학원에서는
학생을 가르치는 돌보는
선생님 역할

자기 자신은 돌볼 새 없이
돌보고 돌보고 매일매일 돌보고
그러면서도 절대 지치지 않는다
어쩌면 아빠 가슴은
기쁨과 행복으로 작동하는 아크 원자로

낙엽

길가에 서서 단풍나무를 가만히 쳐다보다
방금 떨어진 낙엽 하나를 주워본다

낙엽 하나에는 시간이 담겨 있다
새로운 만남을 시작하던 봄의 경이로움
뜨거운 여름과 비바람을 이겨낸 뿌듯함
가을의 불꽃처럼 타오르는 찬란함
낙엽 하나에 모든 것이 들어 있다

사랑을 시작할 때의 설렘도
그립다 미워하다 집착하는 변덕스러움도
차갑게 식을수록 불타는 단풍의 모순도
낙엽 하나에 모든 것이 들어 있다

낙엽이 떨어지는 건 자연의 이치라고
세상에 영원한 건 없다고 말하는
거리에 떨어진 낙엽 하나를 주워

이미 이별을 경험한 한 사람처럼
쓸쓸히 주머니에 넣는다

새로운 잎이 날 때까지
나의 책갈피에 곱게 접혀 있을 낙엽을

어제, 오늘, 내일

김 동 훈

어제와 같은 아침
어제와 같은 등굣길
어제와 같은 책상
어제와 같은 학원
어제와 같은 도시
어제와 같은 하루
어제보다 조금은
더 힘겨워진
오늘의 나의 얼굴

오늘과 같을 아침
오늘과 같을 등굣길
오늘과 같을 책상
오늘과 같을 학원
오늘과 같을 도시
오늘과 같을 하루
오늘보다 조금은

더 힘겨워질
내일의 나의 얼굴

2022 대한민국

장호진

#1. 영혼으로 부를 사다

전파를 타고 불어드는 기이한 파도
보잘것없는 존재들이 발악한다
벌면 얼마나 번다고
숫자 보고 놀라고
빨간 파장에 일희일비한다

돈 벌어 이 판 탈출하겠다는 의지
어림도 없는 허상에 젖은 개미들은

오늘도

뼈 빠지게 일하며
자신들끼리 열을 올려 주식 정보를 논하며
헛소문에 줏대없이 매물을 선택하며
싸구려 영혼의 값어치보다도 값싼 믿음을 팔고

뚜우한 표정으로 상승곡선을 기도한다
발견하게 된 절망의 낙하

결국 끝없이 추락해 버렸다
부와 영혼 둘 다

#2. 포지션 - 너 자신을 알라

"저마다의 개성이 있듯이 저마다의 위치가 있다
누구는 공정을 주창하고
또 누구는 승리를 갈망할 때
자신의 분수를 알고 살아가는 사람이 있다
나 이렇게 살아야 하나
싶으면서도
가슴속 피어난 조그만 도전의식"
- 전기가 찌릿한다 -

포지션이란 말
정해져 있지 않아
수비수도 공격수로,
심지어 골키퍼도 공격수로 변신하는 일이 있잖아

어느 위치에서 뛰든,
같은 목표를 이루어내는 일
묵묵히 맡은 책임을 짊어지는 일
그것만으로 족해
'너 자신을 알라' 라는 말은
너 자신이 가진 넘지 못할 한계가 아닌
너 자신이 가진 성장할 수 있는 가능성을 알라는 말이니까
하나가 되어 나아가자
같은 팀이여

#3. 현인의 철학 - 인파출명저파비

사람은 이름나는 것을 두려워해야 하고,
돼지는 살찌는 것을 두려워해야 한다
모든 미덕은 겸손함에서 나온다
끝없는 겸손과 저자세
겉치레가 아닌 진실한 철학이다
이러한 철학은 결국 혜성을 배출하였다

믿음

이승현

믿음을 숫자로 표현할 수 있을까?
물질을 세라고 만든 숫자로는
믿음은 드러나지 않는다

믿음을 사랑이라고 말할 수 있을까?
사랑하면 믿음이 생길 수 있지만
믿음을 사랑으로 정의할 수는 없다

믿음은 무엇으로 말할 수 있을까?
존재한다는 것을 말로 증명할 순 없어도
세상 어떤 것보다 분명하게 존재하며
우리가 힘들 때 힘이 된다는 것이다

티타임

이승현

가끔 나는 아침에 티타임을 즐긴다
하루를 시작하는
개운한 아침을 맞이하면서
오늘 하루 살아갈 힘을 얻는다

차가 나에게 준 것은 무엇일까?
평화도 안정도 맞지만
나에게 힘을 준 것은
성찰

가끔 나는 밤에 티타임을 즐긴다
하루가 끝나는
피곤한 밤을 맞이하면서
오늘도 후회하지 않을 힘을 얻는다

봄

허 중 혁

봄은 시작의 계절이다
춥고 어두웠던 것을 살아나게 하고
다시 따뜻하게 한다
시작의 계절이며 기다림의 시작인 계절이다
분홍 벚꽃이 휘날릴 때
그동안 얼어있던 마음을 녹인다
모든 것을 따뜻하게 품어주는 봄이
벚꽃과 함께 다시 찾아온다
봄의 품 안에서 따뜻함을 느껴본다

3부

내 마음의 줄기세포

내 마음의 줄기세포

내 마음은
줄기세포처럼
무엇으로든 자라날 수 있다

오늘을 보람으로 꽉 찬 하루로
만드는 마음으로 자라날 수 있고
내일을 기쁨으로 꽉 찰 미래로
만드는 마음으로 자라날 수 있다
비록 어제는
후회와 아쉬움을 만든 마음이었지만…

누구에게도 줄 수 없고
누구에게도 받을 수 없는
내 마음의 줄기세포
무한한 가능성을 품은 희망으로 분화되도록
가만히 깊숙이
잘 들여다보자 내 마음속을

할머니의 기억

할머니의 삶 속 인내가
머릿속에 차곡차곡 쌓여
덩어리져 응어리져
잊지 않고 싶은 추억을 짓누른다

짓눌린 행복의 추억이
사랑하는 가족의 숨결로
따스한 사랑의 손길로
조금씩 되살아날 때
할머니와 우린 또 다른 행복의 추억을 만든다

오늘 새로이 만들어진
할머니의 행복이
따스하고 눈부신 햇살이 되어
꽁꽁 엉겨 붙은 할머니의 기억을 녹여버린다
평생 사랑 주신 할머니의 마음을 어루만진다

이른 가을 하늘

이 재 휘

하늘이 드높다
하늘의 청아함이 끝이 없다

그런 하늘 아래
뜨거웠던 여름의 한생을 아쉬워하며
마지막으로 온 힘을 다해 울어대는
매미의 울음소리가
드높은 하늘을 타고 애처롭게 울려 퍼진다

그런 하늘 아래
빨간 꼬리를 흔들며 날아대는
고추잠자리의 날갯짓은
이젠 나의 계절이라고 뽐내듯
더욱 당당하다

그리고
그런 하늘을 바라보는

나의 마음에는
지나가는 여름의 아쉬움과
다가오는 가을의 반가움이
함께 뒤섞여
가을바람처럼 출렁거린다

내리막길

이 시 훈

5년 만의 등산
나는 내 무거운 가방을 들고
산을 향해 육중한 몸을 옮겼다

그러다 산 중턱에서 만난 내리막길
정상에서 멀어질수록 나를 조급하게 만드는
마냥 쓸모없는 길이라 생각했었다

내리막길에서는
형형색색 옷 갈아입는 나뭇잎도 보이고
도토리를 배불리 먹고 나무 사이 날며
아이처럼 신나는 다람쥐 청설모들도 보이고
우리가 떨어트린 과자 부스러기에 감사하며
오늘 하루 회식 거리를 안고 가는 개미들도 보이고
자신이 예쁘다는 것을 아는 듯이 한껏 솟아서
우아하게 흔들리는 꽃들도 보인다

내려가는 길이지만 산을 올라가는
이 모순덩어리 내리막길
정상만을 바라보고 가던 나에게
내리막길이 없었더라면 산에는 저렇게 많은 것들이
아름다움을 뽐내고 있었다는 것을 알 수 있었을까

나비

이 시 훈

나는 나비가 되고 싶었다

어여쁜 날개를 달고
우아한 날갯짓을 하며
꽃들 사이를 아름답게 휘젓는 나비

나비가 되고 싶다
나비가 되고 싶다
세상에 몸부림을 쳐 보지만
나비가 될 길은 보이지 않는다
몸부림으로 상처만 깊어간다

어느 순간 고치에 갇힌 듯
세상이 아닌 내 안으로 들어가며
나를 조금씩 변화시켜 본다
상처들이 아물 때쯤이면
나비가 되어 있을 것을 상상하며

먹자

배 승 원

밥 먹자!
이리 와서 밥 같이 먹자

식기 전에 와서
맛있을 때 같이 먹자

서로 마주 앉아
밥숟갈을 들어

싸웠던 사이라면 화해를 먹고
서먹한 사이라면 우정을 먹자

밥 먹자!
이리 와서 밥 같이 먹자
밥과 함께 우리 둘도 없는 친구 먹자!

강낭콩

주 해 성

신기하다

물과 햇빛만으로
조그만 강낭콩에게
이렇게
엄청난 일이 생기다니

흙을 비집고
튼실한 움이 트고
슬그머니
키를 키웠다

보송보송 어린 잎
낮에는 하늘로
해 지면 살포시 접고
혼자서 바쁘더니

가느다란 가지 끝에

드뎌

위태위태

꼬투리가 달렸다

지폐

주 해 성

조폐국에서 나올 때 깨끗한 지폐는 어디 가고
사람들의 손 안에는 더러워진 지폐가 남아있네

세상에 처음 나오던 해맑고 순수했던 아이들은 어디 가고
남들보다 더 가지려는 욕심 가득한 사람들만 남아있네

어쩌면 사람들이 지폐를 더럽게 만들었고
어쩌면 지폐가 사람들을 욕심에 눈멀게 했네

조폐국에서 나올 때 인자했던 세종대왕 얼굴은 어디 가고
구겨진 지폐 속의 근심 가득한 얼굴만 남아 있네

집으로 가는 버스 안에서

김수환

학원 마치고 버스를 타고
집을 돌아가는 길
지친 사람들 뒤 창밖으로
반가운 길들이 보인다

친구와 걸어가던
초등학교 가는 길
양쪽 담이 축구 골대였던 골목길
지각하지 않기 위해 뛰어갔던
중학교 가는 길

옛 추억들을 떠올리며
지금은 너무 멀리 온 것 같다

침엽수

그곳에 올라가니
모두 푸르다
세상이 모두 푸른색이라
푸른색이 푸른 줄 몰랐다

그곳에 올라가니
그냥 푸르다
활엽수 잎들이 만들어낸
빠알갛고 노오란 화려한 풍경 틈에 있어
푸른색이 푸른 줄 몰랐다

그곳에 올라가니
혼자 푸르다
마른 나뭇가지와 낙엽이 만들어낸
때로는 눈이 세상을 덮은 무채색의 풍경 속에
비로소 침엽수가 푸른 줄 알았다

벚꽃나무

최 성 민

벚꽃은 자신을 꾸며주는 꽃을
왜 그렇게 빨리 떨어뜨리는지 모르겠다
화장을 지운 나뭇가지만 보이는
민모습의 아름다움을 보여주려 하나
화장을 한 자신의 모습이 아름다운 걸 알고
지나가는 사람들 떨어지는 벚꽃 잎 보고
아쉬워하는 것을 즐기는 건지
추하게 말라가는 꽃잎을 보여주기 싫은 건지
내년까지 기다리게 하려는 건지

벚꽃나무는 꽃잎을 떨어뜨리며
사람들과 밀당 중이다

어머니의 돌밭

류 상 영

어머니의 돌밭에 왔다
황폐해져 버린 마음의 돌밭
돌은 여기저기 많기도 하였다
어떤 것은 세모나게 어떤 것은 네모나게
어머니의 마음에 상처를 냈을 돌들이 보인다

돌밭을 걸으며 내가 던졌던 돌들이 보인다
그 돌들 틈 사이에 동그랗고 아름다운 것이 있다
나는 안쪽으로 걸어가 그 돌을 주워본다
그 돌은 나는 기억하지 못하는 어릴 적 내가
어머니에게 주었던 마음이었다

모기

류 상 영

들려온다
어둠 속의 고요에서
소리로 느껴지는
가느다란 저 존재

불을 켠다
존재가 있었던 곳을 바라보지만
이미 사라져버리고 없다

찾으려 하면 보이지 않는
세상 모든 것을 대변하는
저 존재

애사曖思

김 지 민

희미한 기억이 있다
그곳이 어디였는지, 언제였는지는
안개에 가려진 저 너머처럼 보이지 않는다
내 기억 속에 남아있는 것이라곤
그곳에서 느꼈던 오감뿐
기억 속 안개를 헤치고 나아가면서
기억을 찾기 위해 나아간다

따스한 햇살 아래
라벤더 향기를 품은 화풍和風이 불고
푸른 잔디밭 끝없이 펼쳐진 곳에
자유로운 음악 소리 흐른다
왜 행복한지도 모르면서
행복 자체의 모습을 하고
그 속을 뛰노는 어린 시절의 나는
안개 너머로 빨리도 뛰어간다

어린 시절의 나를 쫓아가니
엘가의 사랑 인사가 흘러나오는 곳에서
어린 나는 처음 스파게티를 먹고 있다
아이는 너무나 행복하게 먹고 있지만
그 맛은 너무나 아득하게 느껴진다

아아, 기억 속 안개를 아무리 헤치고 나가도
가장 행복하고 가장 평화로웠던 그날들은
잡히지 않는다
그날의 감각들은 다시 느껴지지 않는다

감사함

손 희 찬

상을 받았을 때
대학에 합격했을 때,
취업에 성공했을 때,
감사함을 느낀다

감사함이란
특별한 일이 있을 때만
생겨나는 것처럼 보인다

상을 받기 위해 노력한 것에 감사하고
대학에 합격하기 위해 노력한 것에 감사하고
취업을 위해 노력한 것에 감사하다 보니

살아 있는 것이 감사한 일이다

바이러스

김 진 환

단순하다
미개하다
물질대사도 못 한다
세포도 아니다
지능도 없다
생명체도 아니다

그런데
우리를 이용한다
우리를 괴롭힌다
우리보다 오래 살아남는다

그깟 바이러스가
우리들을
그깟 인간으로 만든다

WHY

김 진 환

어릴 땐
WHY 책을 읽고 자라며
WHY라고 질문하며 공부하라 했는데

이젠
WHY 따윈 중요하지 않고
WHY라고 질문하면 중요하지 않다고 하고
WHY보다 중요한 걸 공부하라 하네

세상이
WHY라노

겨울 동화

김 현 우

열두 해 동안 학생으로서 써내려 간 동화는
아름답지만은 않은 잔혹동화였다
행복한 결말을 향해 가고 있는
지금은 겨울
얼었던 시내가 다시 흐르고
풀잎의 이슬이 해를 따라 반짝이는
새로운 이야기가 눈앞에 어른거린다
아직 매서운 바람이 살갗을 에지만
얼마 남지 않은 겨울 몸을 잔뜩 웅크리고 견뎌보자

'행복하게 오래오래 잘 살았답니다'
이야기의 아름다운 마침표를 기다리며

바닷가의 모래알 속의 바닷가의 모래알 속의 바닷가의…

김 현 우

만일 세상의 진리가 고차원에 닿아있다면
알려진 대로 모든 것의 원류가 '끈' 이라면
우리는 무엇인가
우주라는 바닷가의 모래알?
아주 작은 끈으로 만들어진 덩어리?

저런!

우리는 9차원으로 진동하는 끈도, 그 단면도,
그 단면의 단면도 아니다
우리는 끈이 남긴 흔적의 극히 일부일 뿐이다
바닷가의 모래알 속의 바닷가의 모래알 속의 바닷가
의…

그 어떤 정의할 수 없을 정도로 미미한 것
그 작은 것에도 그 나름의 가치와 목표가 있으리
추구하되, 매몰되지 말자

한 번의 미미한 파동이 거대한 의미를 남긴다는 것을
알자

바람

양 현 성

심심할 때 바람이 다가와
말을 걸어준다

춤을 추고
노래를 부르고
빠른 걸음으로 뛰어다닌다

그 순간도 잠시
휘이
바람이 멀어져 간다

지나가는 바람에 실망했지만
또 다른 바람이 불어오고 있다
바람에 살며시 앉으며
몸을 맡긴다

물

정 영 록

물아 너는 참 맑고 투명했었는데
이제 보니 흐리고 탁하게 변했구나

사람들은 물처럼 살고 싶다는데
너는 정말 네가 원하는 삶이니?

밀리고 밀려 흐르고,
더하고 더해져 흐려지는
그 삶을 그들은 알지 못할 거야

오늘도 너를 몸에 담으며
나를 감싸 안는 너를 생각하며
나는 너처럼 살고 싶다고 속삭여 본다

곰국

정 영 록

살 내어주고
가죽 벗어주고
다 내어주고 남은 뼈다귀

안쓰러워 보일 거야
볼품없어 보일 거야

차가운 맹물 속 가만히…
꽤나 긴 시간 동안 털어낸
마지막 욕심 한 방울

뜨거운 가마솥 안 가만히…
땀 흘리며 고아낸
마지막 꿈 한 방울

드디어 완성된 진국 한 국자

살 내어주고
가죽 벗어주고
다 내어주어 초라하지만
이젠 알 거야 사람들은 알 거야
너의 그 순수하고 진실된 담백함을…

얼룩

최승호

눈에 띄는 얼룩
오래되어 지워지지 않는 얼룩
보기 불편한 얼룩

이 얼룩을 지울 것이다
지우려고 얼룩을 보니
얼룩이 불쌍한 표정을 짓는다

그 표정에 얼마 동안 있었는지
지우려 하는 나에게 얼마나 억울한지
나에게 전하고 있다

그런 표정을 지어도
나는 가차없이 지워버렸다
다음에는 예쁜 무늬로 태어나길
내 마음의 얼룩

외투

정 주 현

굳이 내게 와서
춥다며 외투를 빌린다
그녀는 왜 하필 나에게
춥다고 했을까
내게 호감이 있는 걸까
옷을 돌려주며
잘 입었다며
내게 정답게 웃어보인다
나를 좋아하고 있는 걸까
집에 돌아와
끝없이 이어지는
싱거운 상상을 하며
가방에 여분의 외투를 챙겨 넣는다

내일도 날씨가 쌀쌀해 줄까
네가 내 외투로 따뜻했으면 하니까

견심犬心

정 주 현

난 짖는다
짖고 또 부비적거린다

관심을 받기 위해
주인을 괴롭힌다

마지못해 내밀어 주는
주인의 손길에
좋다고 꼬리를 흔든다

저렇게나 좋을까
그깟 눈길 손길이 뭐라고

나도 잘 모르겠는데
벌써 다시 생각난다

걸리버 여행기

고 동 준

소인국에서 거인국으로 가는 길은
편도행
모든 것이 보잘것없어 보이고
무엇이든 될 수 있었던
커다랗던 나의 꿈은 자꾸만 작아져서
이리 치이고 저리 치이면서
도망가기 바빠진다

작은 몸으로도 세상을 다 가진 듯
즐겁게 뛰어놀던 그 나라는
이제는 돌아갈 수 없다
몸은 점점 커지고 세상은 작아지는데
꿈은 깎이고 사라져가는
소인국에서 거인국으로
편도행 열차에 탄 걸리버

사진 속의 나는 웃고 있다

고동준

사진 속의 나는 웃고 있다
순수함은 그곳에 두고 왔다
볼 수 있지만 가질 순 없다
사진 속의 순수한 나

키가 크면서 얼굴에는 가면이 생기고
순수함이 가려진 빈자리를
어설픈 웃음으로 채우려 한다
어제 사진 속의 순수한 척하는 나

사진 속의 웃고 있는 나를 보면
희극을 바라보는 관객처럼
웃음 끝에 슬픔이 몰려온다
그런 나에게 사진 속의 나는 웃고 있다
똑같이 나에게 웃고 있다
자, 여기를 봅시다
하나 둘 셋에 맞추어 웃는다

사진 속에서는 그렇게 웃을 것이다
영정 사진 속에서도 웃을 것이다
모든 삶이 행복했던 것처럼

내일의 나

고 동 준

해야 할 일들이 산처럼
쌓여 있을 때에도
내가 믿을 수 있는 건
가족도 아닌
친구도 아닌
바로 너였다

근심이 가득할 때에도
슬픈 일이 있을 때에도
내가 기댈 수 있는 건
가족도 아닌
친구도 아닌
바로 너였다

지금,
너만이 해결해 줄 수 있는
고민들을 껴안고

너를 만나러
잠에 든다

너와 나의 극한

김현규

나는 너라는 함수에 다가가는 극한값
너에게 한없이 다가갈 순 있어도 네가 될 순 없다
왼쪽에서 다가가도 오른쪽에서 다가가도
너는 거기에 항상 그대로이다
그대로 있는 너에게 다가가기 위해
걸어도 뛰어도 너에게 닿을 순 없다
어쩌면 너와 나는 평생 만날 수 없는 존재
언젠간 너라는 값으로 수렴할 수 있으리라
수렴할지 발산할지 모르는 그래프 위에서
하루하루를 보내며 오늘도 너에게 다가가고 있다

서울

조 문 규

서울은 서서 우는 동네라
슬픈 사람들의 곡소리가
배경 음악이 되어 울리고,
사람 수만큼 많은 복잡한 관계와 구설
끝없는 욕심들은 빌딩 숲을 이루었다

사람들은 서울의 배경 음악과
숲보다 아름다운 빌딩 숲에 홀려
서울로 빨려 들어간다 흘러 들어간다

서울이여 고요하라
서울로 가는 자들이여 멈추어라

침묵은 모든 것을 드러내는 재주가 있다
침묵의 지혜로 서울을 바라보라

스쳐 지나감

류정헌

빈칸 한 칸을 메우니
눈이 스르륵 감긴다
다시 눈을 뜨니
어느새 15분이 지났다
꿈결같이 문제를 풀다가
정신을 차려보니
시험이 끝났다
80분 동안 많은 것이 지나갔다
너무 많은 것을 놓쳐버렸다
지금까지 얼마나 많은 것들이
그렇게 스쳐 지나갔을까

걱정

양현우

눈을 감으니
눈 앞이 깜깜하다고
이러고 있을 순 없다고
빨리 일어나라고 재촉한다

일어나니
할 수 있겠냐고
한다고 달라지겠냐고
다시 생각해 보라고 붙든다

문득 걱정과 서먹서먹
이럴 땐 걱정과 사귀지 않았던
어린 시절이 그리워진다

백스테이지

양현우

해가 저물고
별빛으로 수놓인 막이 내린다

몸을 애워싸던 긴장이 풀리고
일과 타인에 쏟은 신경을
다시 차곡차곡 내 안에 담는다

분장을 지우고 마침내
마주하는 진정 내 모습
초조함 지침 아픔이 묻어나는
얼굴 속에 있는 변하지 않는
그것에게 미안함을 느낀다

그러기에 다시 힘차게
다가오는 새벽의 끝자락을 향해
발을 내디딘다

내일 다시 올 이 시간에
느낄 감정이 고마움이길 바라며

가면무도회

양현우

가면 뒤로 숨은 사람들
휘황찬란 아름다운 가면도
울퉁불퉁 찌그러진 가면도
그 안의 표정은 자신만 알겠지

가면을 쓴 나는 새로운 나다
무슨 소리를 내든
무슨 행동을 하든
끝내 가면과 함께 벗겨진다

여기 이 사람 좀 봐
마구 소리친다
자유를, 존엄을, 권리를,
이 사람은 누굴까?

저기 저 사람 좀 봐
마구 후려친다

글자로, 사진으로, 영상으로,
저 사람은 누굴까?

주변을 둘러싼 수많은 빛나는 눈들
별빛인가, 방관자인가
웃는가, 우는가
그 진실은 자신만 알겠지

화

하루에도 몇 번씩
화산처럼 터져나오는 화
갑자기 속에서 올라오고
순식간에 사그라드는 화

화는 어디에서 와서
어디로 가는지 몰라도
닌자처럼 나타나
내가 몰랐던 나의 문제를 처리하고
어딘가로 사라지는 화

화를 내지 말라고 하지만
화는 안 낼 수는 없는 것
고된 삶을 버티는 타이레놀

반복

김 도 운

나는 항상 공부해야 한다고 반복해서 생각한다
나는 항상 배운 것은 반복해서 해야 한다고 반복해서 생
각한다

아! 그렇지만
나는 항상 공부해야 한다고 반복해서 생각한 것들을 안
하기를 반복한다
나는 항상 배운 것은 반복해서 해야 한다고 반복해서 생
각한 것들을 안 하기를 반복한다

그러고는
나는 항상 시험을 망친다
나는 항상 이렇게 반복해서 시험을 망치기만을 반복한다

물의 기억

추운 겨울이 지나고 계곡에 물이 흐르기 시작했다
물은 나무와 송사리와 개구리의 일부를 채워주었다
산속에서 수려한 생명들에게 자신의 생명력을
나누어 준 물은 흐르고 흘러 큰 강으로 흘러 들어갔다
큰 강에 흘러 들어간 물은 수많은 생명들의 보금자리가
되었다
그러다, 여름이 왔다 자신의 품을 다 내어준 물은 증발
하여
구름이 되었다 다른 이들에게 내어주기만 했던 물은
넓은 하늘을 배회하며 자유를 느낀다
처음 느껴보는 자유로움이었지만, 왠지 모를 쓸쓸함에
물은 다른 물과 뭉치기 시작했다
다른 물들의 기억을 나눈 자유로운 영혼의 물들은
자신의 기억을 다시 채우기 위해 비가 되어 내린다
비는 두 남녀가 같이 우산을 쓸 핑계가 되어주었고,
이별의 아픔에 메말라 버린 한 남자의 마음에 내려서
메말라 버린 그의 마음을 촉촉히 적셔줬다

물은 또 돌고 돌아 결국 나에게 왔다
다른 것들을 채워주며 얻은 기쁘고, 슬프고
따뜻하고, 감동적인 기억을 가진 물을
나는 오늘 아침에 한 컵 마시고 왔다
물은 이번엔 나와의 기억을 쌓아 나가는 것이다

나태

박 세 준

모래시계가 떨어진다
모래시계는 나의 나태함이다
나의 몸은 부드러운 유혹에 묻혀버렸다
시간은 나를 덮쳐온다
두려움이 나를 뒤덮는다
모래에 모두 뒤덮이기 전에
다시 모래시계를 뒤집어야 한다

!

모래시계를 뒤집을 부지런함이 있다면
괜.찮.다.

막힌 미로에서 길 찾기

문 선 우

나는 갇혀있다
사이렌이 울린다
여기서 나가려 하지만
사방이 막혀있다
어쩔 수 없지
나는 여기에 있기로 했다
여기에서 할 수 있는 일을 찾았다

그러자 사이렌이 멈췄고
나는 고요 속에서 잠들 수 있었다

거칠지만 부드러운 상처

강동현

나는 오늘도 시골에 갔다
딴 애들에게는 시골이 멀리 사는 친척을
만나러 가는 그런 곳이지만
나는 매주 농사를 지어야 하는 곳이다
오늘도 고구마와 미나리, 상추 심기를 하며
아버지에게 짜증을 낸다
허리가 끊어질 듯이 아픈 고통
뜨거운 햇빛
들기만 하면 땅 쪽으로 무척이나 가고 싶어 하는 물통들
쉬고 싶어서 눕기만 하면 내 몸으로 올라오는 곤충들
무엇보다도 손이 다 까져 난 끔찍한 상처들
정말 도망치고 싶었다
그때 아버지께 들었다
할아버지는 14살 때부터 이 일을 시작하셔서
작물들을 키우시고 가족을 키우셨다고
생명을 키우는 그 마음을 느끼면서
할아버지의 억센 손이 아름다워 보였다

그리고 다시 나의 상처를 보자 끔찍한 것은
어디 가고 새살이 돋아나 있었다

우리들의 시 창작 교실

초판 발행 | 2024년 2월 1일

엮은이 | 민송기
지은이 | 능인고 시창작반

펴낸이 | 신중현
펴낸곳 | 도서출판 학이사
출판등록 | 제25100-2005-28호

　대구광역시 달서구 문화회관11안길 22-1(장동)
　전화_(053) 554-3431, 3432　팩시밀리_(053) 554-3433
　홈페이지_http://www.학이사.kr
　이메일_hes3431@naver.com

ISBN_979-11-5854-479-9　43800